紗帆の小さな不運

栗野 中虫

※

映画やドラマで引っ張りだこ、時にバラエティー番組でも見かける若手の人気女優・神代紗帆《かみしろさほ》は、２ｎｄ写真集の撮影のため、忙しいスケジュールの合間をぬって、はるばると南洋・フィジー諸島までやって来ておりました。１ｓｔ写真集が日本国内での撮影だったので、趣を変えてであります。

所属事務所からは、せっかくだからイメージＤＶＤも同時に作った方が、という声も当然あったのだけれど、紗帆自身の意思により今回は動画は撮らず、写真集のみの作成となる。もっとも、最初の時もそうではありましたが。

女性向けのファッショナブルな路線でなく、男性ファンがターゲットであるので、そこはやはりセクシーさを打ち出したショットも仕方ないけれど、それを動画まではという抵抗がどうしても捨て切れなかった紗帆。というわけで同行したのは、デビュー以来ずっと組んできた女性マネージャー、雑用係の中堅スタッフ、大御所カメラマンと助手の４人だけ。

到着した翌日の朝、さっそく、チャーターした10メートルもないちっぽけなボートに乗り込んで港を出る。カメラマンが以前から目を付けていた、白い砂と遠浅の海が美しい、数本の樹木があるだけの名も無き小島に向かうのだという。暗いうちに起き、せき立てるように水着を着せられて、薄っぺらなガウン一枚をはおったのみでデッキに座り込んだ紗帆は、少々ご機嫌斜め。

過激きわまる、とまでは言えないものの、布地の少ない水着を指で確かめつつ、訴えるようにぼやく。

「私は女優としての演技を評価されたいのに、グラドルみたいなことさせられて…。こんな仕事したくて入ったんじゃないのに。男性雑誌に水着姿ばっかりのせてたら、そういうイメージついちゃうよ。」

「また――もうここまで来て、ぐずぐず言わないの。今はそういう時代なんだから。あの国民的アイドル・グループのＡＫＤだって、女の子たちが大胆な下着姿とかお尻出したりとか、ばんばんセクシー路線で売ってるでしょ？」

「そりゃそうだけど……」

「有名女優でさえ、フルヌードになったりするんだし。もう清純派とか演技派とか、それだけでやって行けるのは、よっぽどの人だけなんだから。」

「……」

40を過ぎた、紗帆の倍も年上の丸々と肥えた女性マネージャーが、眠たげな瞼《まぶた》のやや垂れた目で紗帆を見つめ、穏やかな笑みを浮かべて言い聞かせる。傍目には、聞き分けのない娘をさとす母親のようにしか映らない。

口をとんがらかせつつも、納得したのか諦めたか。紗帆は顔を上げて目を細め、視界一杯が強烈な陽光に満ち、なぜこんなに明るいのだろうと少々不思議になるほどの、海・空、島ばかりの南洋の風景に見入る。

　潮の満ち引きなどあるのかないのか、鏡のように動かぬ海面が、不意に微風を受けて布にしわが寄るように波立ち、艶《つや》のある長い、紗帆の黒髪もそよそよとなびく。隠されていたうなじが陽にさらされ、うっすらと生えた産毛がやけに白っぽい。

　その様を見つめるマネージャー、笑顔をおさめた眼付きが先ほどとは打って変わったように冷めた光をたたえている。紗帆の商品価値を冷徹に値踏みでもしているかのよう。

　事務所や人にもよるのだろうけど、所属するタレントを金を生み出す道具としてしか見ず、売れる間は寝る暇さえ与えずこき使い、人気が落ちたり精神的・体力的に限界が来ればボロ雑巾のように捨てる――そんな実例は掃いて捨てるほどだという。他にも、恋愛禁止だのいわゆる奴隷契約だの、民主主義の国であるはずなのに、人権の意識など浸透しているやらいないやら。

　スル、とボートは吸い込まれるように、不意に遭遇した潮流に乗り、2、3度首を振ってから、みるみる加速し矢のように進む。ほどなく右前方に、上半分がびっしりと樹木に

おおわれたそそり立つ岩塊の島が見え、まさかあの怖ろしげな島じゃないだろうなあ、木が多過ぎるし、などと思っていれば、

「あれ、あれ！　そこのちっこいの。あそこで撮るんだ。」

大御所カメラマンが左方を指差し、皆が首を振り向ければ、その先にしゃもじのごとき平べったい、数本の木を除きあとは全面白砂におおわれた、島と呼ぶのもはばかられるささやかな出っぱりが。なるほど形は穏やかだし、2、3本の木がアクセントとなって全くの丸坊主よりよほど良い。

しゃもじをふち取る水際の数メートルほどが淡い水色、外側の真っ青な海面とのコントラストが実に美しい。岩塊の島とそのしゃもじの間をくぐり抜け、左方に舵を切れば、ザザ——ガリと船底をこする衝撃が走り、へさきをやや上向けボートが停まる。

雑用係の男のみをボートに残し、じゃぶじゃぶと膝下ほどの浅い海水をかき分けて、機材を抱え砂地へと進むカメラマンと助手、そのあとにマネージャーとガウンを脱ぎ捨てた紗帆が続く。どぶんどぶんと一歩ずつ、重そうな体と大きな尻をゆらしつつしんどそうに進むマネージャーの足元から、鮮やかな黄や青の小魚が、慌てて難を避けるように散って

ゆき、後に続く紗帆は、思わずクスリと笑いをもらす。

（あんな太い足に踏んづけられたらたまらん、なんて思うのかな。うわー恐竜が来た、逃げろ、って感じかも。はは……）

さくさくと心地よくきしむ砂を踏み、上陸した一行、天候が変わったりせぬうちにと、さっそくやるべき事に取りかかる。椰子《やし》か棕櫚《しゅろ》らしく見える真っすぐな木に身を隠し、ひょっこり顔をのぞかせるショットを皮切りに、紗帆は求められるまま砂に寝そべったり、水際でたわむれる仕草をしたり。

さらに、太陽に向かって上半身をのけぞらせ、両手を広げて眼を閉じる、お約束のようなポーズを取ってみたり。

「いいね、紗帆ちゃん、その調子。

もうちょっと顔を右に――

そうそう、そのまま。」

ほめたりジョークを飛ばしたり、紗帆の気分が乗りリラックス出来るようにと盛んに声をかけながら、パシャパシャと数え切れぬほどシャッターを押し続けるカメラマン。撮り終えたフィルムを助手に渡しては、替わりを受け取ってせっせと励む。

およそ2時間ほどが過ぎ、

「よっしゃ、OK！　これで充分。終了終了。

さ、日が沈まんうちに帰るとするか。」

済んだ済んだ、お腹もすいたと一同がそそくさとボートに乗り込めば、待ちかねていたスタッフがすかさずエンジンをかけ、往路をそのまま逆にたどって帰途につく。

あれほど嫌がりむずかっていた紗帆も、特にあられもない恰好や無茶なポーズをさせられた訳ではなかったし、大いに気が楽になったよう。

「いい絵がたくさん撮れたよ、紗帆ちゃん。お疲れ様。

きれいで可愛くて――それに、俺はエロ写真家じゃないし（笑）、いやらしくはしないから安心してくれ。」

「はい、ありがとうございます。

私もなんだか、出来上がりが楽しみになってきちゃったな、あはは。」

「あとは街中や空港で撮って、バカンスらしい感じも付け足そう。きっと、代表作って呼べる作品になるさ。俺が太鼓判を押すよ。」

「嬉しい――よろしくお願いします。」

うっかり直視すれば眼を痛めてしまいそうな、強烈な光を放ち続けた太陽が、ようやくかすかにオレンジ色を帯び始めた頃。

まだ半分も戻っていないのに、気付けばボートが右に傾き船足は重く、やけに海面が間近に見える。

何だこれは？　まさか――とみなみな目を見合わせて、

「おいおい……おかしいな。浸水してるだろう、これは。」

たまりかねたようなカメラマンの声に応じ、舵を取っていたスタッフが助手に替わってもらい、ハッチをくぐって下を見に行く。

と思う間もなく上がって来たスタッフは、頬が引きつり目は見開き、別人のように血相が変わっている。

「水が……キャビン一杯に……」

「なに!?　もうそんなに――どうしてだ。」

「分かりません、あれじゃ浸水個所を探せないし、塞いでるひまも無いでしょう。」

「上陸しようと、船を停めた時か。」

「それしか……あの時底を摺《す》ったので……」

わずかなやり取りのうちにも刻々とボートは傾いて、船足は鈍り、もはやぐるぐる回るスクリューの羽が海面間近に見えるほど。

「ああ……駄目だ！　もう沈む。

逃げましょう！」

叫ぶが早いか、さあ、とばかりに一同に視線を送り、自分だけ救命胴衣を引っつかむやいなや船べりを蹴ったスタッフは、ざんぶと海へ飛び込んで、進行方向と真横の側に泳ぎ去ってゆく。

「おっ、おい！　何だ1人で！」

ひえーっ、と切り裂くような悲鳴を上げて立ち上がった女性マネージャーが、紗帆が何を言うひまもなくその腰に抱きつくと、２人はもつれ合ってごろごろと転がり、そのまま海面に落ちる。

「あ、あっ！？　紗帆ちゃん！」

カメラマンと助手が驚きのあまり咄嗟《とっさ》にどうすべきか判断もつかず、船べりに手をかけたまま動きもとれぬうち、がぼがぼと浮きつ沈みつ女性２人は潮流に押され、見る見る進路と逆方向へ離されてゆく。

「………」

すでにデッキを海水が洗うボートにしがみつき、流されてゆく機材に気付きもせず声もなく見つめるカメラマンと助手、彼ら自身がどうするかの決断すらまだついてはいない。

その間も、のろのろとした行き足ながら遠ざかってゆくボート。


それからどれほど経ったのか。

背中にじりじりと焼けつくような陽光を感じ、紗帆はふっと目を覚ます。自分が地に張り付くようにうつぶせとなって倒れ、右の頬は砂に埋まり、足元を波らしき水が洗っているのに気付く。

視界一杯に映るのは、写真撮影をしたあの小さな島と似たような白い砂、しかしその数十メートル奥には密林と言うほどではないにしろ、どれほど続くのか一目では見当もつかない鬱蒼とした森。

（どこだろう、ここは。一体どのくらい？）

頭を全身を、重い倦怠感が包んでいるけれど、両手を砂につきのろのろと上体を起こせば、自分がどこか大きな島の波打ち際にいる事を知る。人っ子ひとり見えず、建物らしき姿もまるで無い。

ほんの間近に、半分砂に埋もれ斜めに天を指す枯れた流木、紗帆の動きを警戒してかその陰にカサカサと身を隠す蟹《かに》、木の表面を砂の上を、ザワザワと動き廻る船虫らしき生き物。無意識に立ち上がる紗帆、片方の足に名も知らぬ海草がからみ付き、胸を包んでいたはずのビキニはどこへ行ったか、周りを見渡せど影も形もない。

（いつの間にこんな所へ……）

何か、誰か、漁船かヨットでも——と海側を振り返ってみるものの、人の存在を示すものは欠けらも見えず、水際こそ小さな波が静かに打ち寄せているけれど、少し沖には極めて速そうな潮の流れが入り乱れ、ところどころに渦さえ巻く恐ろしい眺め。とてもじゃないが泳いでこの島を出られるとは思えない。

（まさか……閉じ込められた？）

ぞっと全身を包むうすら寒い、これまで経験したこともない孤独、人の住む世界、文明的なもの一切から切り離されてしまった絶望感にかられる他はない。

（マネージャーや他の人は、いったいどこへ……自分独り、こんな知らない島に流されたのか？）

膝の力が抜け、くたくたと砂上に尻を落として座り込み、どうしたものかと紗帆は途方に暮れるのみ。

そのままどのくらい動かずにいたか、喉が張り付くほどの渇きをおぼえ、こうしてしょんぼり座っていたとてどうなるものでもないと気付く。かんかんと太陽に炒られ、干からびてしまうだけ。

（水……）

きょろきょろと周りを見渡して、水際から50メートルほどと見える、名も知らぬ木々がからみ合う森に眼をとめる。内陸へ向かい僅《わず》かばかり上方に傾斜した浜を、よたよたと足をとられ、時おり尖った石や貝殻に顔をしかめつつ昇ってゆき、ひとまず森の中を目指す。

（あんなに木が茂っているのだから、水が全く無いはずはない。探せばきっと、水たまりや細流くらいは――）

腐った落ち葉や雑草をかき分け、森に入った途端、前方は真っ暗な木の下闇。肉食獣か大蛇にでも出会《でくわ》しそうな不気味さに思わず身がすくみそうになるけれど、喉の渇きはもはや耐え難く、運にまかせてひたすら進む以外に方法はない。

鋭い葉の茂みをくぐり、大木のはざまをすり抜け巨大な根や倒木を乗り越えて、身を守る衣類とては水着の下しか着けていない紗帆は、切り傷擦り傷だらけとなって奥へ、奥へ。目もくらみそうに息が上がり疲れ果て、どれほど入り込んだ頃か。

にわかに視界が開け陽光が差し、ぽっかりと穴が開いたような平地が前方に見える。ギャアギャアと鳴き交わす鳥の声、その騒音に交じり、チョロチョロ、チャポチャポと水の流れる音が。

「！」

無我夢中、こけつ転《まろ》びつ音のする方に駆け寄れば、急峻な岩だらけの崖、ひび割れから滲み出し流れ落ちる水が、地にちっぽけな滝壺の体《てい》をなしている。五右衛門風呂程度の広さ、深さ30センチほどの水たまりに顔を突っ込んで、ほとんど息もつがずにガブガブとむさぼり飲む紗帆。２、３羽の鳥がバサバサと飛び上がり、頭上で甲高く啼きつつ円を描くのも、虻《あぶ》のような虫が腕を刺すのにも全く気付かない。

喉元に逆流するほど腹一杯に飲んでから、やっと頭を上げて座り込み、この後どうするかはさておき、取りあえずはホッと表情を緩め肩の力を抜く。顔も体も細かい傷や泥におおわれ、びしょ濡れの髪が肩に胸に張り付いて、ゾンビかお岩さんのようであるけれど、誰も見る者はなく、気にする場合でもない。

（ああ……助かった！　神さま、ありがとう。）

しばし呆けたように宙に眼を漂わせていたものの、ふと自分の腕や足に目を留めて、泥や砂がこびりついた傷を洗おうと、おもむろに立ち上がれば。よくよく見ると滝壺と思ったその場所は、落ちた水がたまるべく、積み上げた不ぞろいの石に囲まれて、たらいを真ん中で切ったような半円形をなしている。

どうみても人の手によるもの。

（人が……近くに？　ここは水汲《く》み場だったのか。）

助かるかも、といった期待と、こんな島にいるのはひょっとして、恐ろしい未開の部族ではなかろうかという不安がないまぜに湧き起こり、うかがうように周りを見渡せば。

崖の裾に沿うように人の歩いた跡ともけもの道とも知れぬ、細い筋のようなものが斜め左方へと延びている。そこだけ下草があまり生えず、50センチほどの幅をなしています。

たどるべきか否かしばし迷ったものの、ここにいたとて、水はともかく食べ物がない。

それに、暗くなったあと何に襲われるか分かったものでないのなら、危険は同じこと。

（ここでのたれ死ぬよりは、一か八かたどってみよう……）

運が良ければ善意の人たちにめぐり会うかも知れないし――左の腕で胸を隠し、右手を額にかざし前方の林をすかし見つつ、てくてくと道？を進み始める紗帆。

およそ3、4分も歩いた頃、次第に疎《まば》らとなってきた木々の間から、不意に眼の前に明るい空間が見え、盆地というにはあまりに小ぢんまりとしているけれど、森の中にぽっかりと空いた、そこだけ光がさんさんと降り注ぐ赤茶けた平坦地へと出る。

その真ん中やや奥あたりにあったのは――

木の皮もそのままの、丸太を組み合わせたがっしりとした長方形の柵に囲まれ、大と小の2つの棟《むね》が一体となった、高床式の住居。

テレビでよく見るニューギニアやアフリカなどの、いかにも原住民の住まいといった趣《おもむき》と異なり、床へと昇る木の階段・家屋を囲む手すりのついた回り廊下が、日本の古い建物を連想させる。少なくとも、ある程度の文明的な気配を感じさせる造り。ほっとする気持ちと警戒心が半ばする紗帆は、かなりの間、バオバブに似たそばの大木に身を隠し、住人の姿を確かめようとします。

建物の外観にもよらず、もし見るからに野蛮そうな人喰い人種のごとき者たちの住みかであれば、一体どうすべきなのか。うっかり出て行けば生けにえか慰みものか、かといってこのままでは飢え死にする他はないし——

（あ！）

前ぶれもなく大きな方の棟から姿を見せ、階段の中ほどに進み出て、静かに周りの様子を眺め始める1人の男。中国人か日本人か、明らかに東アジア系、年の頃は50前後に見える。

こんな島に似つかわしくないきちんと整った髪、洗いざらしではあるものの元はまともな防暑服であろう上下、陽光がまぶしいのかどうか分からないけれど、ややしかめた眉の下の両眼は切れ長の一重、なで肩で腹も出て、いかにも中年らしきのっそりとした印象。この男1人だけならば、いざ何かあっても自力で逃げ出すのも不可能ではない——他に誰もいない確証はないにせよ。

考えるのではなく、直感でそう観《み》た紗帆は、恐る恐る大木から身を離し、慎重に歩み寄りつつ声をかける。

「あの……すみません。」

ピク、と肩を動かしゆるゆると振り向いた男、柵をはさんで20歩ほどの距離に立つ若い女を、口を唖然と開き、両眼を丸くしてまじまじと見つめます。

「あのう、私の言葉がお分かりでしょうか？　もしか、日本の方ですか？」

やはり男は何も答えず、そのまま2人は暫時、驚きや戸惑い、警戒と観察の視線を交わすのみ。沈みかけた太陽の木漏れ陽が一条、男の体や階《きざはし》をだいだい色に染めるだけ、物音ひとつせぬ静寂。

「おお……人だ。人に会うのは何年ぶりだろう。しかも日本語――」

感動も露わな男の独白に、はっと電気に打たれたような表情を浮かべた紗帆、夢中で駆け寄り柵にしがみつく。

「助けてください！　船から落ちて流されて、私1人でここに着いたんです！」

紗帆の呼びかけにまたも返事もせぬ男、そろそろと階を下り、赤茶けた土の上を抜き足差し足、おもむろに柵の内側まで歩み寄ると、穴の開くほど紗帆の顔にじっと見入る。

「ふーむ、夢ではない。まさしく日本の女性だ……それとも俺は、故郷懐かしさのあまり、気が変に――」

「いえ……本当です！　目が覚めたら砂浜に倒れてて――

森の中を歩いて、ようやくここへ……」

柵の丸太に両手をかけて身をよじり、懸命に訴え続ける紗帆、あらわになった双つの乳房が揺れ続け、男の両眼がますます丸くなるのに気付きもしない。いや、こうした生死にかかわる懇願の際に、無意識あるいは反射的にとってしまう媚び、またはアピールなのかも知れません。

「船から落ちて、1人で流れ着いた？

しかしこの島は激しい潮流に囲まれて、漂着物すら滅多に浜には届かぬのに……一体どんな？」

「それは――分かりません。でも実際こうして……」

しばし右手の指で顎をさすり考え込んでいた男、くるりと背を向けるや、てくてくと建屋へ戻る。

「あ、待って……」

無言で建屋の内に消えたと見れば、ややあって男は右脇に草を編んだらしき幅広い掛け布、左手に何かを盛った木の皿を持ち、またのそのそと柵の際までやって来ます。

「さ、まずこれを食べなさい。」

丸太の間から差し出された、ひび割れた木皿を紗帆が手に取れば、盛られてあるのは煮しめたような名も知れぬ魚、里芋に似た丸い煮ころがしに、やけに一粒一粒が縦に長い米飯。気味が悪いなどと感じる余裕もないままに、ゴクリと喉を鳴らした紗帆は、礼を言うのも忘れ、まず芋?を手につかみ、立ったままガツガツとむさぼり始めるのでした。

そのさまをやや呆れて眺めていた男、ふと何を思いついたか再び建屋に取って返すと、バケツ代わりであろう取っ手を付けた、水の入ったブリキ缶、小さなびんと古びたタオルを持ち、紗帆のそばまでやって来る。

夢中で食べ終え、ようやくやや落ち着いた紗帆が、体もかくさず皿の食べ物をかき込んでいた自分に気付き、さすがに顔を赤らめれば、

「この水とタオルで体の傷を洗いなさい。

泥や砂をきれいに落としたら、びんのアルコールで消毒するといい。

こんな病院も薬もない所で、破傷風にでもなったら手の打ちようがない。」

男はそう言って、柵のすぐ内側、先ほどの草で編んだ布のそば、紗帆の手の届くところにそっとそれらを置き、一つうなずいて見せてから、もうそれでしてあげる事は済んだと思ったか、建屋の中へと消えてしまう。夜は布にくるまって適当な所で寝ろ、とでもいうのでしょう。

言われた通りに、時おり顔をしかめつつタオルで指で傷を洗う紗帆、ひとまずこうして救われはしたけれど、これからどうしろとも言わず引っ込んでしまった男に大きな失望と憤懣を覚えます。

(なんだ、建物どころか、柵の中にも入れてくれないのか……。)

下を向き、口はへの字。

(おお、人だ、なんてあんなに感動してたじゃない。同じ日本人なのに!)

行き倒れになるしかない身を一時的にも助けてもらいながら、やはり人とは勝手なもの。冷たく言えば、そもそも男に、見ず知らずの紗帆に対する世話係の役目はないはず。

他に人の姿の見当たらないこの島で、独りで暮らしているのであろう男の立場からすれば、いきなり現れた者の面倒を見る義理はない、と突き放されても不思議はなかったものの、いまの時点でそこまで考える余裕はまったくない紗帆。

（私なんて、警戒しなくても全然大丈夫なのに。武器を持ってるわけでもない、ただの女を……

それとも、猫じゃないけど、居着かれたら困るんだろうか？）

女性としてのプライドも少々傷ついた紗帆、小さい頃から可愛い可愛いと周りに言われ、女優としての人気もあるのに——あの男の眼は節穴か。あるいは、さっきはああ言ったものの、本当は人間嫌いなのか？

（なにもずっと置いてくれなんて、こっちも思ってないし、日本と連絡が取れて戻る方法があるのなら、その間だけなのに。

捜索だって始まってるかも知れないし。）

この島について何も知らず、人に出会って安心したか、根拠もなくそんな楽観を抱き始めた紗帆、ぶすぶすと心の中で不平をつぶやいていたものの、さていよいよ太陽が沈み暗くなり始めると、急に押し寄せる大きな不安、心細さ。

（どうしよう——遠慮しておとなしく、一晩中外で過ごすのか？　なにも……）

構うものか、せめて柵の内側にと意を決し、2メートルを超えるであろう柵に取り付きよじ登り、何とか乗り越えると、男の注意を引かぬよう忍び足でそっと建屋の床下まで歩き、布に身をくるめて地に横たわる紗帆。落ち着ける状況では全くないものの、疲れの方が勝ったか、すぐにパタリと眠りに落ちる。

翌日——南洋の短い夜はとうに明け、雲一つない空に陽も高くなって。ギャアギャアと遠く近く、多くの鳥の声がかしましい。

肩をゆすられふと目覚めた紗帆の顔を、昨日の男が無表情に見つめています。

「あ……」

はね起きるなり布をつかんで前を隠し、身を縮めて後ずさる紗帆に、男は小さく口元に笑みを浮かべ、なだめるような目をしてみせる。

「恐がらんでもいい。朝ごはんを持って来たのだよ。」

男が指差す土の上に一枚の大きな葉、その上に、昨日の木皿に再び盛られた魚とご飯、その横にパパイヤらしき木の実と、ふちがすり減って白っぽいガラスのコップに入った、野菜や果実を絞ったのであろうジュース。

「あ、そうでしたか……すみません。」

「温かいうちに食べなさい。さ、遠慮せずに。」

見放された訳ではなかった、と安堵して涙ぐみつつ、今度は皿に添えられた木のスプーンと箸で食べ始める紗帆を、地にあぐらをかいた男が見守りつつ、おもむろに口を開く。

「そもそもあなたは、何でまたこんな太平洋の真ん真ん中――船も飛行機もまるで通らない所へ来たのだね?」

はっと息を呑んでスプーンを止め、まじまじと男を見返して紗帆が問う。

「船も飛行機も――来ないんですか? そばを通りも?」

「うむ、ここらには現地人すらいない。だからこそ私はここを選び、独りで住んでいるのだよ。あえて、ね。

9年ぶりか10年ぶりか……まさかこの絶海の孤島で、再び人と話すとは。」

愕然とする紗帆に、気の毒そうな色を浮かべつつ、男は淡々と島の現実を語り、さらに自身の履歴にも一言だけ触れる。

「私は東京の、とある大学の助教授だったのだ。昔のことだが……しかしある時、もう日本にいたくなくなって——いられなくなってかな。全てを捨てて船に乗り、ここに移り住んだのだ。つまり世捨て人だよ。

誰にも言わんかったから、失踪とか行方不明って事になってるだろう。」

「………」

「乗って来た船はとうの昔に壊れ、流されてしまったし、通信手段もまるで無い。がっかりさせて悪いが、ここは隔絶された世界だよ。何か偶然でもない限り、出る方法は思い付かん。」

「そんな……じゃあ……」

「聞くのも愚かとは思うが——さて、これからどうするね?」

返答のしようもなく、肩を落とし打ちしおれるばかりの紗帆を穏やかに見つめ、ふっと一つ溜め息をつき、やむを得ぬといった口調で男が言う。

「食べ終わったら、上の部屋に来なさい。今後の話をしようじゃないか。」

一体化した2つの棟の、大きな方の部屋。広く横長に開いた窓の下、木を粗く組み合わせたベッドに腰を下ろした男と、床の敷物にちんまりと座り込んだ紗帆が向き合っています。せめてこれでと男に渡された、やはり草を編んだ細長い布で、胸を包み終わったところ。

「さあて、もしイヤでなければ、身の上を聞かせてくれんかね。」

無理強いするつもりはないが、といった様子で男が言えば、いまのところ全てをこの男に頼る他はない紗帆に、否も応もあるはずがない。両手を膝に乗せ、居住まいを正し、神妙な口調で語り出す。

「私は……日本で女優をしています。神代紗帆、芸名ではなく本名で——高校の時スカウトされて、3年ちょっと経ってます。

写真集を作るのに、マネージャーやカメラマンと5人で来て、船で小さな島に行き、撮影が終わって帰る途中……」

「うむ、途中で？」

「船がだんだん傾いて、沈み出したんです。

いま思えば、撮影した島に上陸する時、船が浅瀬で止まる間際に底をこすって、大きな音がしたから――ひびでも入ってたのかも知れません。」

「そうか、それは不運な。で、君以外の人達はどうしたのかね？」

「同じ事務所の男性は、水泳が得意だったせいかさっさと海に飛び込んで、しかも自分だけライフ・ジャケットをつかんで――ひどいでしょう？

そのあとマネージャーがいきなり、パニックになったみたいで、ギャーッって叫ぶと私にしがみついて来て、一緒に海へ落ちてしまったんです。そしてばらばらに流されて――カメラマンと助手の方は、どうなったのか分かりません……」

ふーむ、と男は、それが癖なのかまた右手の指で顎をさすりつつ考え込む。頬から下顎をおおう真っ白な髭をざらざらといじくり続けます。

「なるほどなあ。さてさてしかし、さっきも言ったが、ここには船も無ければ通信機なんて便利な物もある訳じゃない。

島の外と連絡を取る手段がない以上、これからあなたを、一体どうしたもんだろうな。」

「それは……」

何とかしてだの、私はどうなるのなどとこの状況で要求がましいことやワガママを言えるはずもないし、こうなった以上印象を悪くしてはならない、気に入ってもらわねば――と本能が命じるのでしょう。紗帆は上体をくねらせ両手をねじり合わせ、上眼づかいに男を見つめ、全身で媚態としか見えない仕草、あなたの良いようにお任せしますといった様子。

ゆうべ寝る前に抱いていた楽観など、とんでもなく甘かったのを思い知ったよう。

学説によると、赤ん坊や女性が可愛らしいのは、強い者の関心を引き保護される為だという。ホモ・サピエンスの脳が進化し、知恵がつき、あとから生まれた平等とか女性の権利といった言葉や思想とは別に、原始の頃からの自然の摂理とのこと。

猿やオットセイ、ライオンなどの世界でも、群れで一番強いオスがボスとなって君臨し、すべてのメスを抱え込んでハーレムを作り、弱いオスはパートナーすら得られない。もともと自然は弱肉強食、強い者の都合がまかり通るのであり、メスは強い者を頼る。人だとて動物の一種。

平等や公平などというのは、原始共同社会やポリスなどの例外はあるにせよ、近代になって思想家や学者が唱え、つくった理念に過ぎません。正論ではあろうとも、文明の地でしか通用しない理屈、こんな僻地で唱えても空理でしかない。

そんな意識などあるのかどうか、すっと窓の外に目を向けて、男がつぶやく。

「水はともかく、食べ物をどうするか――自分1人に間に合えば、としか考えてこなかったし。多少の備蓄はあるにしても……」

はっ、と顔を上げ、敷物から腰を浮かす紗帆。お前に分けるほど食料の余裕はない、悪いが自力で生きてくれ、などと言われてしまっては――

「何でもします！　水汲みでもどんなお手伝いでも……。

お願いです、ぜったい邪魔になりませんから置いて下さい！」

再び紗帆を振り向いて、自分の優位を示そうという様子もなく、男は静かに言い聞かせます。

「いや、いや。何もあなたに、出て行ってくれと言うのじゃないよ。

そんな風に聞こえたかな？」

「そ、そうですか……すみません。」

「私も初めは食料に苦労してね。魚や木の実だけでは足らんから、少しずつ森を切り開いて陸稲《おかぼ》やイモ、青物などを作るようにはしたのだ。

2人となれば、その田畑を広げて収穫を増やさねば――と考えていたのだよ。」

早合点と気付き、ぺたんと再び座り込む紗帆、安堵のあまり眼からポロポロと落ちる涙。

「君はよく泣くのだなあ、ははは……

何と素直な。人間らしさに触れるのは久しぶりだ――いや、人間自体もだが。

ともあれ、島に来た当初ならともかく、私ももう長い。どこで生《な》り物が穫れ、どこに魚や貝が多いのか、どこの土で作物がよく実るのか、ずいぶんと詳しくなった。君1人増えても、まあ何とかなる。」

「すみま、せん……」

「では、明日からでも、ぼちぼち知っておくべき所を教えよう。君が流れ着いたのは、おそらく東の浜だと思うが、ここから北西に行った海ぎわに小さな丘がある。てっぺんに噴火口が開いててね。そこで硫黄を採ってマッチや燃料にするのだが、ふもとに温かい海水が湧くので、ドラム缶をすえた風呂も設けてあるのだ。

君には取りあえず、硫黄の採取と水汲みから始めてもらおうかな。入りたい時に、ドラム缶の風呂にも入るといい。私は少しずつ、田畑を広げるとしよう。」

「はい……けしてご迷惑にはなりません。どんなお手伝いでも――」

こうして、50過ぎの男と娘のような女の、『ロビンソン・クルーソー』もしくは『青い珊瑚礁』にも似た、奇妙な共同生活が始まったのでした。

夜が明ける頃に起き出して、手作りの桶やブリキ缶をてんびんにかついで水汲み場を往復し、飲料用と田畑の水を確保する。農作物に水をやり、雑草を引き抜き、害虫もせっせと取り除く。

初めの1日2日こそ目新しい体験に感じられたものの、肉体労働など一切していなかった紗帆にはかなりしんどい作業、たちまち手足や背中が筋肉痛に見舞われたけれど、不満や愚痴など言える立場ではない。色は黒くなるわ肌は荒れるわ、人気女優もすっかり形無し。

建屋に戻り一息つく時分、男が朝ごはんを用意して待っている。

「おじさん、帰ったよ。」

「おう、ご苦労さん。お腹空いただろう。」

朝まずめに釣って来たメバルやイシモチに似た魚、海草と巻き貝の身を煮込んだスープ、若干の青物とご飯。テーブルもないため互いに床に座り込み、思い思いに手やスプーン、箸などで食べる。こんな所で体裁など、気にする要は全くない。

ドレッシングや手の込んだ調味料など気の利いた物なぞ有るはずもなく、男の作った魚醤や塩で大味に食するものの、体を使ったあとの食事がまずかろうはずはありません。

衣食住には一応事欠かないにせよ、建屋の他は海や空、赤茶けた土と森ばかり、いつまでこんな暮らしが続くのか――と、紗帆は日中働く間も寝についたあとも、むろん悩んだり絶望しそうになるものの、いつか来ると信じる帰国の日を思い、現状を生きる他はない。

しかし目の前にいるこの男、いつまでも苗字すら教えてくれないし、いま朝食をとっている大の棟から、小の方に通じる扉はいつも紐《ひも》で閉ざし、決して覗かせようとしない。何があるのか全く関心がない訳ではないけれど、見せろなどとは言えないし、きっと理由があるものを、押して要求する気もない紗帆。

大学の助教授だったと言うのみで、どんな理由で日本を捨てたのかを含め、履歴をほとんど語ろうともせぬし、謎めいた印象がちっともぬぐえない。

何でもします、置いて下さいと言った時、その『何でも』にはあらゆる意味を込め、こうなった以上仕方がない、生きるためにはと覚悟を決めていたものの、男にそんな気があるのかないのか、いまのところ全くの紳士。

女性に興味がないのか年なのか、自分に魅力を感じないのか、別に不満に思う訳ではないにしろ、何か釈然としない紗帆。

(男性ファンがたくさんいて、週刊誌の表紙を飾ったり、写真集を出したり――人気女優のランキングにも入ってたのに。)

必要以上に馴《な》れ馴れしくもして来ないので、名前すら言わないこの男を、おじさん、と呼びかける程度の打ちとけ具合。

（テレビに出るようになってから、追っかけとかストーカーまがいとか、目をギラギラさせて迫ってくる男だって随分いたのにな……）

日が暮れると扉の向こうに引っ込んで、朝になると出て来る男、足長おじさんのように、ただの保護者である事に満足なのだろうか？

ファザコンや年上趣味ではないけれど、やはり紗帆は納得がいかない。一方的に保護されるのではなく、同じ人として、負い目を小さくしたい思いがあるのかも知れません。

そんな暮らしが二月も続いた頃、紗帆の心中の焦りや憂悶は抑えがたいまでになる。男の言う通り、やはりここは弧絶の地、文明社会どころか人の住む世界からの一切の接触も、今のところ兆しすらない。

もはや自分は、行方知れずの帰らぬ者として忘れられつつあり、捜索はとうに打ち切られ家族も探しようがなく、事務所やテレビ局、映画会社も、自分は無いものとして全てが動き出したに決まっている。今まで積み上げたものはみな失われ、自分はこうして抜け出す方法も無いままに、この島で老いてゆくのだろうか――

ひしゃくを傾け農作物に水をやり、雑草を引き抜く間、ふと手を止めて紗帆は、鬱蒼と茂った森の木々に目を向ける。マングローブだかバオバブか、南洋の樹木の名など全く知らないにせよ、船材に出来そうな木はそれこそ無限。

（大木を切り出して組み合わせ、草のつるでしっかりと縛り、帆を立てて……いかだを作れば――）

しかしそんな船大工のような業《わざ》が、力も経験もない自分に出来るだろうか。おじさんは手伝ってくれるのか？

時間をかけてやっと作れたにせよ、この島の周りは激しい潮流が取り巻いているし、運良く乗り切って沖に出られたとしても、都合良く人の住む所へ向けて風が吹き、流れに乗れるものだろうか。渇きや飢えで倒れる前に、うまく船や飛行機に発見される保障もない――ハリウッド映画や安手の小説じゃあるまいし、めでたしめでたしといった結末など、まずは虫のいい夢であろう。

（おじさんは――イヤになったから全てを捨てて、日本を出たって言ってたし、帰るつもりなんかさらさらなくて、今がいいのかも知れないけど……）

帰りたい自分のために、まだやりたい事が山ほどある自分のために、少し親身になって考えてくれても良いではないか。怪我や病気が無かったとしても、ここを出られないとしたら、まだ21の自分はあと50年も60年もこのまま——冗談ではない。

（女優として大きな花を咲かせ、後々までずっと、あの映画に出演した神代紗帆は綺麗だったなあ、良かったなあ、なんて人々の記憶に残りたかったのに……女の盛りは短いのに！）

その日、陽も暮れかかる頃。窓にはすだれを下ろし、椰子油を満たした手製のランプの明かり一つを頼りに、2人で黙々と夕飯をとっていれば。

はたと手を止めスプーンを皿の上に置いた紗帆が、はらはらと眼から涙を落とすと見れば、わっと声を上げ、床に伏して泣き始める。夕暮れ時のうらぶれた感じが身に染みたのか、それとも、のたれ死ぬしかなかった所を救われて、ワガママを言わず我慢せねばとずっと抑えていたものが、一気に噴出したものか。

顔を上げ、おやおやまた泣いて、と仕様もなさそうな表情を浮かべる男、しばらく無言で食べ、イモから造った酒をちびちびすすっていたものの、さすがに見かねて声を出す。

「日本に帰りたいだろうな。無理もない。」

ひっくひっくとしゃくり上げつつ、半分ほど身を起こし、切れ切れに訴える紗帆。

「おじさんは、このままでいいのかも知れないけど……私はやりたい事がいっぱいあるし、彼氏だっていたのに……」

「ふむ。やむを得んとは言え、君にはこんな隠遁生活は耐えられまい。私のように、よほど世間が嫌《いや》になった者以外は。

しかし、ここを抜け出す方法は……」

「それは、分かるけど……いかだや船を作るにしても、何ヵ月かかるか知れないし――――でも、やってみなけりゃ……」

「飢え死にしたんじゃ仕方ないから、日々の漁や農作業の手を抜く訳にはいかんし、その合間にとなるとなあ。

それに――エンジンも無いいかだなんかで海に出ても、まずは、当てもなく漂うだけになるだろう。」

「……」

「自力で出るのを考えるより、砂浜に大きな石でも並べて『ＳＯＳ』の形にしておくか、あるいは硫黄の丘のてっぺんに、のぼりか吹き流しを立ててみると良いかも知れんな。万に一つ、誰かの眼にとまらんとも限らんし。」

そんなことを言いつつも、男の口調や表情にはちっとも真剣さが感じられず、とりあえずこの場を収めよう、なだめようといった内心がありあり。もともと赤の他人、頼みもせぬのに転がり込んで来た彼女のために、本気で帰国の手段を考えようとか骨を折ろうという意志などまるで無さそうです。

見捨てるのも忍びないから、こうして衣食住を提供してるじゃないか、食料や生活物資の確保だけで手一杯なのに、いかだや船など作れるものか、俺は年なんだぞ、などと思っているのでしょう。

泣きやんで身を起こし、顔をうつむけたまま何も言わなくなった紗帆、それ以上食事に手を付けようともしない。

数日後、陽が昇ったあと、体感で2時間ほどが過ぎた頃。

島の北西端、ゆらゆらと蒸気が立ち昇る噴火口を背に、丘のてっぺんをやや下った海ぎわの崖に、悄然と紗帆が立っている。時おりドォーンと重々しい音が鳴り、風に乗った細かな水滴が、ピッピッと頬を打つ。

海面まで30～40メートルほどはある崖の下方に目をやれば、途中に張り出すぎざぎざの岩棚が見え、その直下に打ち寄せる波が大きなしぶきを上げ、瘤《こぶ》のように丸い岩が沈んだり、また姿を現したり。白っぽい無数の泡が帯のごとくゆるやかに、真っ青な海面に漂うさまが、見つめる人間の哀しみに輪をかけるかのように、ひたすらに美しい。

ちっぽけで無力な紗帆を、さあおいで、怖いのは一瞬だけだ、と誘いかけ吸い込んでしまおうとするかのよう。

（いっそ……）

故国との間を途方もなく広い海洋にさえぎられ、抜け出る見込みも立たず、世捨て人の初老の男とただ2人、原始人もどきに食べるために働いて寝て――無為に日を過ごし年を取り、生き続けるのがいったい何になるだろう。竹籠に入れられた鈴虫も同じ、水と食べ物だけを与えられ、死ぬまでリリリ…リリリと身の不運を嘆くだけ――

そろそろとにじり寄るように崖の末端まで出るものの、足はそれ以上前に、宙へと踏み出すのを拒み、凍り付いたように動かず、ガクガクと小刻みに震えるのみ。ほんの一跳ね飛び出せば、すべては終わる。恐ろしいのは一瞬だけと頭では思うのに、体は頑としてそれを受け入れない。

数秒の逡巡の後、目の前がくらくらと揺れ、何もない空間へ上体が落ち込みそうになった途端。

「いやっ！」

前へはけして動かなかった両足が、後ろへ

思い切り跳びすさり、倒れ込みざま両手もしっかり地を押さえる。ぞっと背筋から足へと通り抜ける冷たい感触、ぶるぶると全身の震えが止まらない。

死んでしまえばあらゆる苦しみから解放されるのだと脳が命じても、体は生への執着を示す。

（楽にはなるかも知れないけど、何も無くなってしまう……映画に出るのも、演技の評判を聞く事も、いつかアカデミー賞で主演女優賞に輝き、喜びに包まれる日へのあこがれも――

それに、彼氏にだって、二度と会えない……）

世の人たちにほとんど注目されない小さな劇団で、いつか日の当たる場所へと、バイトで何とか生活しつつ舞台で頑張る2歳上の恋人・サトシ。

すでにある程度の地位を得た自分に対し、ひがみやコンプレックス・卑屈さなどは一切見せず、1人の女として真っすぐ向き合ってくれ、そうでありつつも写真週刊誌や芸能誌などにキャッチされぬよう、食事の時も彼の部屋で過ごす際も、常に細かく気を配ってくれた。発覚を恐れた事務所からさまざまに圧力やら脅しすらもあったに違いないのに、愚痴めいた事は一言も言わず、ひたすら優しくしてくれた――

（そうだ、何としてもここを出て、日本に戻らねば――自分がいなくなって、あの優しい人は、サトシはさぞ悲しみ苦しんでいるに違いない。海で死んだものと思い、絶望感や喪失感で心がいっぱいになっているだろう。）

（帰らねば――大丈夫だったよ、元気だよと笑顔を見せ、安心させてあげなければ！）

と、不意にジャリ、と小石を踏む音がして、

「紗帆ちゃん、どうしたね。」

冷静きわまりない、感情のかけらも伝わらぬ声が頭上で響く。せつなく狂おしい彼氏への思慕を中断させる、間の悪い、優しくも美しくもない男。逆光になった姿が石像か影絵のよう。

顔を上げ、にらむように視線を向ける紗帆に、少々たじろいだものの、男はさらに近付いて、紗帆の肩にぽん、と手を置く。

「戻りが遅いから、何かあったかと思ったよ――気持ちは分かるけど、まあ元気出して。」

そう言う男の声がかすかに上ずり、喉がゴクリと動くのに、はっ、と一瞬息を呑む紗帆。

これまで見せなかった、女を意識した色が男の眼にちらりと宿ったのを、目ざとく見抜く。ずっと抑えていたものか、いま芽生えたのか——それはこの際、考える要もないのだ。

素早く立ち上がった紗帆はしゃにむに男へ抱きつくと、相手の首に胸に、長い髪と頬を埋め、

「おじさん、私を助けて——私、どうしても帰りたい……」

故意か無意識か、声に媚びと甘えを込め、必死にかきくどく。胸や足も男の体に擦り付けて、何としてもこの初老男を籠絡せねば、とりこにしてしまわねば——と、自らの女性の魅力を懸命にアピールする。

再び元の居場所に帰るため、彼氏のそばへ戻るためなら、その途中で何をしようと問題ではない。

親子ほど年が離れていようとも、許し合う仲となれば、やはり男女の隔たりは急速に無くなってゆく。

とりわけ紗帆の男に対する接し方は、何か壁でも乗り越えたかのように引け目も遠慮も

見せなくなり、相手を薬籠中のものにした、と思い込んでいるよう。対等、いやそれ以上の口を利き、何でも要求出来るのだといった調子であり、視線まで上からに変わる。

その心理は、アッシー君やメッシー君、さらにミツグ君らを引き連れて、女王様かお姫様のごとく振る舞っていたバブル時代の女性達、あるいは結婚前に猫をかぶっていた人が結婚後に態度が豹変、本性を現すのに通ずるものがあるやも知れず、つけ上がるとどこまで行くか、限度というものを考えもしない。

まあそれも、正直過ぎる人の特性なのかも知れません。

「ちょっと！　もっとぴったり、隙間のないように押し付けてよ。

斜めになってるじゃない、もう！」

「む……こうか？」

直径30センチ以上もある切り出した材木を、ほどほどに成形したのち組み合わせてかすがいを噛ませ、二重三重に縛っていかだを作る。

そのままでは単に、海に浮くだけの大きな板、飲み水や食料を保管する上部構造物や居住スペース、さらに帆や舵も付けない限り、とても航海など出来る訳がない。

とは言うものの、50過ぎの男と非力な女が、日常やるべき事の合間をぬってこうして少しずつ作り進めても、一体いつまでかかるやら。

時間や労力をかけてようやく出来上がったとして、海に浮かぶぐらいは可能にしても、潮流を乗り切って大海原に出、およその見当をつけて帆をあやつり舵を切り、めでたく人の住む所までたどり着けるのか。99％は、いかだが壊れ波に呑まれて溺れ死ぬか、漂流して飢えや渇きで倒れるか、はたまたサメに喰われるか――そんなところではないのか？

朝鮮半島の国造り神話じゃあるまいし、女性1人で大海を渡り、何ごともなく目的地に着く――などという都合の良い結果を、期待するのが恐らくは間違い。

しかしこうしてせっせといかだ作りに励んでいれば、少なくとも紗帆の精神衛生上は大いに意味のある事かも知れず、はかない望みだとしても、鬱病やノイローゼになるのはどうやら避けられそう。崖から飛び降りようとした際とは別人のように、表情や身動きに張りが感じられる。

土台がいちおう出来たなら、ころを使って浜辺の近くに運び、上部構造物や帆などはそこで付けよう、という大ざっぱな段取り。重くなり過ぎて海ぎわまで動かせない、では絵に描いたような間抜けとなってしまいます。

最初に目を付けた1本の大木を、切り倒して枝を払い、建屋のそばまで運び、ほどほどに成形し木材とするまでに、およそ4日もかかってしまった2人。建屋や柵を作った経験で、男は手慣れているはずとは言え、寄る年波には勝てぬのか、少し作業しては地に座ったり息を整えたり。紗帆にしても足腰はがくがくするわ、指にとげは刺さるわで、素人2人のいかだ作りは、どう見ても半年、いや1年前後はかかりそう。

丸太の端に腰をかけ、額の汗をぬぐい、ふくらはぎを指でもみつつ男がぼやく。

「はー、しんどい。いっそ、丸木舟でも作る方が早くはないか？　でかい木を2本、くり貫《ぬ》いて舟の形にしてつなげれば、ヨットらしくなるし。」

「うーん、そうなの？　でもくり貫くのだって時間かかりそうだし、広いいかだの方が安心だって気もするし……」

はいはい、ならお好きなようにと思うのか、何も答えぬ男。どうせ海に出るのは俺じゃないんだし、とでも言いたげな色が表情に浮かんだのを、紗帆は気付いたかどうか。

しぶしぶとまではゆかずとも、気乗りもしない様子で連日少しずついかだ作りを進める男、口ばかりがやけにうるさくあまり役に立っていない紗帆、それでも1月半ほど経った頃、5～6本も材木を組み終わり、基礎部分が半分近くは出来上がる。並行して、乾燥野菜や干し魚など、航海中の食料もぼちぼちと準備を始めます。

希望の光をそれらに見る紗帆は、日に日に表情は明るく身動きにも弾みが出て、もう心は故国に帰り着いているかのよう。鰯《いわし》のアタマも信心ではないけれど、客観的に見た帰着できる可能性がどれほどかとは別に、信ずる事が力になるものか。

1日の作業を終えて夕食をとる際も、以前とまるで異なる朗《ほが》らかな口調、返事があろうとなかろうと、1人で喋り続けます。

「――――日本に戻って落ち着いたら、おじさんに、お世話になったお礼をしなきゃいけないね。助けられて、いかだも作ってもらって………。

事務所と相談して、いろいろおみやげとか道具とか、そろえて持って来るからね。きっと。」

「ふむ。」

「でもおじさんは、日本が嫌になって、誰にも言わずにここへ来たんだから、そんな事されちゃ迷惑？　テレビや新聞、ネットなんかで広まっちゃうし。」

「はは……確かに知られるのは困るが、ずいぶんと気の早い心配だな。」

捕らぬ狸の皮算用にも似た話、分かってはいるのだろうけど、はち切れんばかりの希望や願望を抑え切れぬ紗帆。

そんなある晩。食事とお喋りへの付き合いを終えて、いつものように男は、扉を少しだけ開けて窮屈そうにくぐり、小の棟へと姿を消す。そして一瞬の間もなく、再びぴたりと扉を閉じる。

ほんのわずかと言えども紗帆に中を覗かれたくないのであろうけど、自分の家でそんな泥棒が忍び込むがごとき仕草を見せる男に、紗帆は苦笑じみた思いを抱かずにはいられない。

（……へんな人。今さら言うのもおかしいけど。男女の仲になっても、これだけは全然変わらない。）

海賊の財宝でも隠してあるのか、人には見せられぬ性的嗜好の、ゆがんだ趣味の部屋なのか？　まったく関心が無い訳でもなく、近頃は自分が上位に立ったつもりでいるけれど、そこまで見られるのを嫌がるものを、どうしても見せろなどと言う気はないし、ヘソを曲げられでもしたらその方が大変。

さて、窓一つない真っ暗な、倉庫も同じ小の棟に入った男、手さぐりでランプに灯をともし、北側の壁に押し付けたスチールの机に近寄ると、アーム付きのやはりスチール製の椅子に、ぎしりと腰を下ろす。机上には、電源を落としてあるものの、様々にスイッチやメーターが付き、小さなマイクも備えた2段重ねの通信機。

奥の壁に立てかけてあるのは、ほとんど空気を抜いてしぼませてある大きなゴムボート、その傍らには船外取り付けのエンジンも。さらにはシュノーケルや足ひれ、ウェット・スーツまでがきちんと木箱に収められ、つまるところ、出会った当初紗帆に語った事情は全くの嘘。

外部との通信であれ航行であれ、その手段を持ちながら、冷酷というかぬけぬけと言おうか、片鱗さえも紗帆に伝えず、毎日いかだ作りに励んでいるこの男、一体何の積もりなのでしょう。その気になればほんの数日で、紗帆を文明社会へ戻してやる事が出来るのに――

しばらく椅子の上で顎をさすりつつ、何やら物思いにふけっていた男、ふと気付いたように机の引き出しをそろそろと開ける。取り出したのはＢ４サイズの２つの冊子、１つはなんと『19の夏・オトナへの扉』と題のついた、紗帆の１ｓｔ写真集、もう１冊も表紙に紗帆の顔が大きく写った女性雑誌。それぞれを両手に持ち、目を細めて眺め始めます。

許し合う関係となり、いかだにも取り組ませ、男をとりこにしたと思い込んでいる紗帆、本当は全く逆だったよう。他愛もなく手の上で転がされていただけ。

ほぼ同じ時期のとある日。紗帆がいるメラネシア東方の島からはるばると、赤道さらに太平洋も越えた日本の首都、東京では――

池袋駅西口のすぐ近く、ファッションや風俗などの雑多なビル、うどん・そばの店舗、有料駐車場がごみごみと入り交じり、あまり上品さや明るさの感じられない街の路上を、ひょろりと背の高い、若い男がとぼとぼと歩く。この近くの小劇団に属し、バイトで食いつなぎつつ舞台に立つ無名の俳優・榎田聡《えのきださとし》、23歳。これからJRの電車に乗ろうとするところ。

そう、この人が、フィジー海域で行方知れずとなった紗帆の彼氏であります。黒々とした眉に切れ長の大きな眼、鼻梁の高く通った面長な容貌は、あまり売れていないにしろ、なるほどと思わせる役者顔。

男であれ女性であれ、ルックスに恵まれて生まれた人は当然ながら良くもてて、結婚前もその後も、さまざまに異性と付き合ったり遊んだり。仕事においては大変に厳しく几帳面な日本人が、こと異性関係や恋愛では二股やら社内不倫やら、ナンパやらお持ち帰りやらと何でもありの無軌道ぶりを発揮して、同じ民族かと世界の人たちから呆れられるほどノー・ルール。

聡もご多分にもれず、キャーキャーと寄って来る女性たちと適当によろしくやって、食えない時期にみついでもらったりもしたけれど、紗帆に対する思いだけはけして遊びや気まぐれではないし、知名度の高さに乗っかって自分が浮上しようなどという打算もない。

ニュースを見た劇団員に紗帆の遭難を知らされ、驚愕した彼が、少しでも具体的な情報を欲し、出来れば自分も南太平洋に飛んで行きたいと思ったのは当然過ぎるほど。が、家族でも職場の同僚でもない彼に外務省や警察は情報などをくれないし、紗帆の所属事務所へ一度出向いてみたものの、反対を押し切って紗帆と交際を続けていた彼は、詳細を聞けるどころか門前払いを喰ってしまいました。

やむなくネットなどをあたっても、既知の経過や憶測・流言のたぐいばかり、テレビの情報番組は紗帆の生い立ちや過去の出演ドラマ・映画のシーンをやたらと流すだけ。

南洋へ飛ぶにしろ、現地の警察の捜索活動以上の事を自分が出来るとは到底思えぬし、そもそも飛行機代どころか、パスポートを取得する金さえ無い有り様。日本側の救助隊でも編成されるなら、それに同行出来るかも知れないけれど、いかに有名人とは言え紗帆を含めた数人のためにそこまでされる見込みはない。

じりじりしつつニュースの続報を待つ以外にない日々を送るうち、2nd写真集の撮影に行き同じボートに乗っていた、例のカメラマンに会ってみようと思い立つ。

カメラマンと助手は海没しかけたボートで何とか舵をあやつって、出発した港近くまでたどり着き、タグボートに牽引され難をのがれていたのでした。

結局船は沈まなかったのに、さっさと海に飛び込んだ事務所スタッフ、および流された女性マネージャーはその後日本に戻っておらず、紗帆と同様行方知れず。

山手線を渋谷で降り、スクランブル交差点やセンター街など駅周辺の雑踏を西に抜けたあたり、小綺麗なビルの2階にカメラマンのオフィス兼スタジオがある。紗帆の海難に関わりある者として、むろん責任の一端を感じているであろうカメラマン、電話で訪問の可否を尋ねた聡に対し、初対面もかまわず時間を割いて会ってくれるとの事。インターフォンを押して用件を述べるなり、中に通してもらえたのでした。

双方がソファーに座って向き合うと、フィジーに同行していた助手も3人分のコーヒーをいれて応接テーブルの上に置き、そのまま同席する。しばし聡の人体《にんてい》を眺めた後、カメラマンが口を開く。

「下山《しもやま》だ。君は紗帆ちゃんの彼氏だそうだね。気持ちは察するよ。」

「お忙しいところ恐れ入ります。少しでも何か知りたいと思ったものですから……」

「うむうむ、分かるよそれは。俺だって、やはり仕事に身が入らん。

彼女があんな事になったのに、自分だけのうのうとしている気がしてな。」

アフロの頭をややうつむけ、両掌をテーブル上で組みじっと見据えつつ、出来るだけ正確に思い出そうとしてか、ぽつりぽつりと下山氏は、時おり助手に確かめながらフィジー到着からタグボートに救われるまでの詳細を語る。話す方も聞く方も、コーヒーが冷めてしまうのにまるで構いもしない。

無言のままに聞き終えて、ようやっと、

「うーん、ボートが浅瀬をこすり、浸水……」

背をそらし視線を宙に向け、無念そうにつぶやく聡をちらりと見て、一瞬迷いを見せた下山氏は、やはり言っておこうと思ったか、3人以外誰もいないにも関わらず声をひそめる。

「それなんだがな。初めはそう思い込んだのだが……」

「？」

「港に着いてから、ボートの底を確かめたんだ。クレーンで持ち上げてさ。」

「はい……」

「右側の前方、底から15センチほど上のあたりに、くるみぐらいの大きさで丸い穴が空いていたんだが、あれは岩なんかをこすって出来たひびや割れではない。何か、先の尖った金属――重い銛《もり》で突くか、機関銃の弾が貫通したようにまん丸だった。驚いたよ。」

「え!? そっ、それじゃ――」

「あれは明らかに人の手によるものだ。絶対、座礁の跡ではないね。しかもその破口は、どう見ても、船の外から加わった力によるもんじゃない。内側から外へ貫いたのが、誰の眼にも分かったもの。」

「何ですって! それじゃ、事故ではなくて事件でしょう! 犯罪じゃないですか……」

「その通りだ。」

「一体誰がそんな――警察にそれを、仰しゃったんでしょうね?」

「もちろんだとも、まだマスコミも知らんけどね。それに、誰の仕業かは明々白々だ。小島での撮影中、ボートに1人残っていた、あの事務所スタッフしかいない。紗帆ちゃんと俺らが夢中になって撮ってる間に、細工をしたに決まってる。」

なるほど撮影を終えるまで2時間前後もあったのならば、銛かノミかは知らないけれど、くるみほどの穴を空けるなど造作もなかったに違いない。ボートが沈むなり大破でもすれば、不自然なまん丸の穴もごまかせると思ったか――

「では、その男を――」

「そうなんだが、あいつも行方不明だもの。日本の警察が追ってくれてるはずだ。大体あの野郎、船が傾き出した時の様子からしておかしかった。もう駄目だ、早く逃げましょうなんて言って、1人で海に飛び込んで――何か、用意してたセリフを言って、予定通りに飛び込んだ感じだったもの。わざとらしいっつうか、芝居もどきに。」

「………」

「あとで分かった事だがな、あいつは事務所の金をかなり遣《つか》い込んでいたそうだ。ギャンブルか夜遊びか、何が原因かは知らんけどね。」

「なるほど――それで。」

「うむ、それが発覚する前に、フィジーに行くのを幸い海難事故に見せかけて、そのままトンズラしたのだろう。紗帆ちゃんのマネージャーだったあのババアも、ずいぶん前から男と仲良くしてたらしいから、遣い込みも知ってたろうし、あるいは共犯かも知れん。

――ただ理解出来んのが、それならば2人だけでとっととどこかへ高飛びすれば良いものを、わざわざめんどくさい細工や芝居までして、なぜ紗帆ちゃんを巻き込んだのか、だ。紗帆ちゃんは恨みを持たれるようなタイプではないし……」

「追っかけられないために、事故に見せかけてアリバイにしようとしたのは、間違いなさそうですね。」

「そこはな。全体としてはいま一つ腑に落ちんが――

しかし、何も悪くない紗帆ちゃんを平気であんな目に遭わすとは……世の中、クズや外道が多くなったよ。」

ふーむ、と眉根を寄せて考え込む聡。下山氏の言葉に嘘や取りつくろい、逃げ口上などはみじんも感じられず、正直に知る限りの事を話してくれたとしか思えない。作り話ではあり得ない、リアリティーそのものといった印象。

だとして、自分に出来ることは――

「事故ではなく犯罪だとすれば、ますます僕らにやれることは無さそうですね。民間人の出る幕じゃない。警察とかインター・ポールなんかの仕事でしょうし。」

「うん――奴らを追うのはその通りとしても、紗帆ちゃんの捜索こそが大事なのだが、それもやはり、俺たち素人はただ待つしかないのかなあ。

歯がゆいったらない。」

いっそう表情を曇らせる聡、無力で何も出来ない自分が腹立たしくうらめしい。

(耐えて待つしかないのか――祈るだけなのか？　自分は紗帆の恋人なのに。

死んだとは思いたくない。何とか生き延びているならば、一刻も早く……)

仲間や知り合いを拝み倒して金を作り、フィジーに行ったとしても、ほとんど意味はあるまい。いやかえって、捜索や犯罪捜査の邪魔をするだけだろう。無駄にいらいらと滞在し、現地の警察関係者らに噛み付いたり、余計な手間をかけるのが見えている――

下を向き唇を噛みしめる聡に、やや厳しい顔をつくって下山氏が言う。

「いま話した事は、絶対に他言無用だぞ。彼氏だと聞いたからこそ、関係者に一応確かめた上で話したんだ。紗帆ちゃんの家族にもまだ言ってない。」

「………」

「もしマスコミに洩れでもしたら、せっかく進んでいるかも知れん解決への行程が、おじゃんになりかねんからな。

ワイドショーだのネット住人だの、面白おかしく騒ぐだけの連中にかき乱されるのは、きっと紗帆ちゃんの為にならんと俺は思う。」

苛立ちのあまり突っ走ったり、他人に洩らしたりは決してするな、と聡の思い詰めた顔色や気配を案ずるのであろう、釘を刺す言葉。

再び場面はメラネシア東方の、名も知れぬ島。北西端にある丘の噴火口近く、紗帆と男が並んで額に手をかざし、空の色や雲の動きを見つめている。

いつもと違う変に生温かい、湿った東風が気味悪く吹き、枯れ葉色の紗帆の腰巻きの端が、はたはたと太ももを打つ。

低気圧が近付きつつあるのか、もう半日も前から2人とも全身が重く気怠いし、子どもの頃からこういった場合しばしば頭痛に見舞われる紗帆は、指でこめかみを押さえつつ悪い予感にとらわれています。

「……来るなあ、これは。」

「やっぱり――台風?」

「そう、こちらではサイクロンと呼ぶが――まあそれはいい。俺たちの住んでる建屋は、森の中の盆地にあるから、周りの木々が防風林になって直撃はされんと思うけど……。今までもそうだったし。

ただ、いかだが危ないな。」

「うん……せっかくあそこまで作ったのに……」

基礎部分を作り終え、ころを使って東の浜辺まで運び、上部構造物を取り付けつつあった紗帆の希望の綱であるいかだ、まさにその東方からサイクロンが迫りつつある。神様はなんて無慈悲なことをするのだろう、なぜ、と紗帆は目の前が暗くなり、胃や腸がよじれそうな心地。

「取りあえず、出来るだけの備えをして置こう。」

ざらざらと足元の滑りやすい丘を降り、いったん建屋に戻った2人、杭《くい》に使えそうな木や綱をかき集めて両手に抱え、東の浜へと向かう。浜の端っこ、最初に紗帆が流れ着いた位置から北に70～80メートルほど、海に面した小高い岩の陰にいかだは置いてある。

風を受けぬよう、せっかく取り付けつつあった上部構造物を再びはずし、大きな石を載せて重しにしたり、綱を巻きつけその先に杭をしばって地に打ち込んだり。

（このいかだが壊れたり、流されてしまったら――きっと自分には絶望しか残らない。なんとしても守らねば！）

出来るだけ石を載せ小山のようにしてしまい、地に押し付けておけば、埋まるくらいにしておけば――と必死の思いの紗帆は、周囲を見渡しては適当な石や岩をごろごろ転がして、２人でよいしょよいしょと載せてゆくものの、そんなに都合良くあつらえたような石もそう次々とは見つからない。

そうこうするうち陽は暮れかかって闇が迫り出し、中途半端な手当てしか済まないうちにもはや視界は効かず、普段と違う風がゴオー、ヒュルヒュルと上空で音を立て始める。

沖合からは波頭が崩れるような、ドオーンと重く響く音も。

「もう限界だな。引き上げよう。」

「でも、まだ……」

「吹き飛ばされて怪我でもしたら、元も子もなくなるぞ。高波だって心配だ。

さ、行こう。」

1人であれば必ず迷うに違いない真っ暗な帰り道、男の上着の端をつまんで付いてゆく紗帆、島に吹き付ける風はますます強くなり、あおられた自分の髪が眼に入るわ腕にからむわ。切ったりまとめたりする気はさらさら無いものの、こういった場合全く手に負えない。

やっと戻ったら戻ったで、急いで建屋の窓や入口を塞いで補強せねばならず、バタつきそうな扉などを草のつるでしっかりと縛ったり、隙間にくさびを噛ませたり。風雨の吹き込みそうな所にもせっせと詰め物をする。

思い付く限り、やれる事をやったあとは、手早く食事を済ませランプの火を消し、手作りの織布に身をくるめ床に横たわっている他はない。

今日は小の棟へと姿を消さず、紗帆と並んで床の真ん中に寝転がっている男、しばらく2人とも無言のままに外の様子をうかがっていれば、森の木々をすり抜けるかん高い笛の音のような風切り音が、刻々とその頻度を増してくる。時おりビシッ、バシッと吹きちぎられた枝か小石が当たるのであろう、建屋を打つ音も。方角を察するに、どうやら嵐は、島の北東へと次第に近付きつつあるようです。

「ああ――どうなっちゃうんだろう。

どのくらい大きな嵐か分かんないけど、すごい音……」

憂慮にたえぬ紗帆が、心情そのままといった声で男に問いかけても、

「打つ手を打ったら、もうあれこれ考えても始まらん。通り過ぎるのを待つだけだ。」

冷静というか、なるようにしかならぬという諦念なのか、男はまるで我が身に降りかかった事ではないとでも言うような、そっけない口調。自分がこんなにも気を揉んでいるのに、なんて他人行儀な――と不満な紗帆は、織布ごともぞもぞと身を寄せ、肩に手をかけゆすぶりつつ訴える。

「そんな落ち着いてていいの？　いかだだけじゃなく、この建物だってさっきからぐらぐら揺れるし、ガンガン物が当たってるし……

怖くないの？　おじさんは。」

「壊れたら、建て直せばいいんだよ。」

「そんな事言って――壁や屋根の下敷きになって、死ぬかもしれないんだよ。畑や田んぼだって、この様子だと……」

ふっ、と大きな溜め息をつき、おたおたと落ち着かぬ紗帆に小うるささを覚えるのでしょう、どう黙らせるかをやや考えてから男が口を開く。

「関係のない話になるが――少し聞いてくれ。昔、日本にいた頃の事だ。」

「うん……？」

「俺はずっと、身近にいる日本人が嫌いだった。ほとんどね。俺1人、異質で浮いていた。」

「そうなの……何で？」

「普通はこうだから、みんながこうしているから、昔からこう決まっているから――なんて、従来からある型に人をはめ込み、同じ行動や考え方を強要する日本の社会が、俺にとってはかえって異様に思えた。赤信号みんなで渡れば怖くない、なんて、金太郎アメとはよく言ったものさ。

戦争に負けた直後、これからは民主主義の国に、自由主義の国になりますと宣言し、そういう憲法も作ったのに、それは建て前やお飾りにとどまって、中身はほとんど変わらない。思想や信条の自由、つまり価値観や考え方は人それぞれ違っていいのだ、人が10人いれば10人とも違ってしかるべきなのだ、と憲法で定められたのに。

大昔のムラ社会からずっと、集団主義という名の全体主義がしみついてて、1人だけ周りと違う行動や発言をする者には、協調性がないだの社会性に欠けるなどとレッテルを貼り、村八分にする。周りをキョロキョロ見廻して、人と同じ行動をとっていれば安心——そんな奴らばかりだったら、新しい考えやアイディアなんか出て来るものか。進歩や発展などあるものか！

全体主義、儒教の考え方や習慣、古い迷信にもとづく宗教的な思い込み——民主主義や自由主義に反するそんなもろもろが嫌いで、反発ばかりしていたら、いつの間にかはずれ者、アウトローになってしまったのさ。」

「難しい話……」

風がうるさいせいもあるけれど、半分も分からない紗帆はとまどいの表情を浮かべるばかり。しかし真っ暗な部屋で、男にそれが見えるはずもない。

「俺の人生は、日本を出た時に一度終わった。社会的に死んだのだよ。世間から見放され、指を差して笑われて、石をぶつけられるように国を追われたのだ。

ここでは第二の人生というより、余生なんだから、今さら何が来ようと気にはせん。

ひっそりと、ここで終わるのに変わりはないのだし。」

ゴワーン、ガササ……

へし折れた大木でも倒れ込んで来たか、ひときわ大きな音と衝撃が屋根から響き、一瞬2人は身を固くしたものの、どうやらそれ以上の事はない。いっそう男に身を寄せた紗帆が、希望のかけらも前途に持たぬ相手のさまに、今度は自分がなぐさめるように言う。

「でもおじさんはここへ来て、日本での嫌な事は全部忘れて、マイペースにやって来たんでしょ？　のびのびと。ここはおじさんの王国じゃない。

私ともこうして出会ったし……

私は日本に帰らなきゃいけないから、お嫁さんになったりは出来ないけど――おじさんはまだまだ元気なんだし、そんな風に、何もかも終わったように思わない方がいいよ。」

「ふむ――君はやはり若いのだな。

俺も君ぐらいの頃は、ずいぶんと前向きだった。無限の可能性みたいなものを信じて、やりたい事も夢も山ほどあって、年を取るとかいつか寿命が来るなどとは考えもしなかった。」

「うん……」

「成功するかどうかも分からない、いかだでの脱出も、必ずやれると思ってるものなあ。君は。一度海難事故に遭ってるのに、途中の危険など、あえて無視しようと決めてるみたいだし。大したもんだ。

人というのはね、若い時は前を見ている。進学だの就職だの、恋愛とか結婚とか、家を持つとか……やれる事がいろいろ先に待ってるからな。

しかしそういう時期を過ぎた者は、後ろを、過去ばかりを見たがるのだ。自分の全盛期や、楽しかった事とか好きだった人を思い出しては振り返り、懐かしむ。前を見たって老いや死しか待っていないんだもの。

同じ人間でも俺と君では、立っているところが全然違う。」

「………」

「一生を24時間にたとえれば、君はまだ朝の8時前、俺は夜の9時半ってところだ。」

「そんな哀しいこと言わないで……」

ひしと抱き付いた紗帆は、男の髪や頬をゆっくりと撫でさすり出す。しばしそのままにさせていた男は、一度紗帆の顔をじっと見つめてからおもむろに背や腰に手を回し、同様に撫でたり抱き締めたり。

極限状態に置かれると、人は見栄も遠慮もなく本能のままにふるまうと言うし、同じ島に住みサイクロンの脅威に直面する者どうしの共感、もしくは憐憫《れんびん》もあるのでしょう、2人はもはやただの男女。

（ごめんね、サトシ……）

ちくりと胸に痛みを覚えても、遠方の彼氏より身近にいる異性、初老であろうと何だろうと、今すがりつくのはこの男しかいない。

一晩中、前後左右とも頭上ともつかず、ゴウゴウ、グワーと渦巻くようなすさまじい音、建屋を柱ごと地から引っこ抜き、天空へ舞い上げてしまうかに思える恐ろしい風圧と振動。眠るどころではない2人は布を引っかぶって頭を抱え、身を縮め、ひたすら耐える他は無かったものの、ようやく明け方頃になって周囲の喧騒は徐々に収まり始めます。

やれやれどうやら峠を越した、と目を見合わせ大いにホッとした2人、やっと休めるとばかりに眠りに落ち、そのまま何時間が過ぎたのか、一足早く男が目覚めた時はすっかり明るくなっており、木材の隙間から差し込む光は、嵐が通過した後の快晴をはっきりと示している。のそのそと立ち上がって小刀を取り、出入り口の扉を縛り付けていたつるを切りくさびをはずし、外へ出ようとすると、少し開いたところで扉がゴン、と何かに当たる。力まかせに押し開けば、嵐で吹き飛ばされた柵の丸太が1本、出入り口の前に転がっていたのでした。

丸太を地に投げ落とし、斜めに傾いてしまった階の上段まで出て見れば、眼前に広がるのはあちこちでへし折れ倒れた木、一部が倒壊した柵、枝や葉に一面おおわれた平地——―まさに混沌。いやはやこの調子では、せっかく手塩にかけた畑や田もきっと見る影もあるまい。しばらくは保存食料で――などと顎をさすりつつ考えていれば、後ろでゴソゴソ音がして、起き上がった紗帆が気怠そうな足取りでそばに来る。

瞼はむくみ髪はぐしゃぐしゃ、年頃の女性がまるで台無しの、お化けと見まごう姿。

「うーん……まだ眠い。もう、なんて夜だったんだろう。」

「全くだ。」

「でも、嵐が行ってくれて良かったね、おじさん。ウソみたいないい天気……」

「うむ―― 後始末やら何やらずいぶん大変だろうけど、無事でさえあれば、大抵はどうにかなる。どうせ1日や2日で済むはずは無いし、疲れんように少しずつ。」

「そうだね、これじゃしょうがないものね。」

嵐にさんざん打ちのめされた目の前の光景を、ぼんやりと眺めていた紗帆、命にかかわる災厄を乗り切ったあと意識に浮かび上がってくるものは、やはり東の浜で今頃どうなっているか見当もつかぬ、あのいかだ。

頭が覚めてくるにつれ、当然胸中の不安はいや増して、2、3分後にはもはや顔がこわばり足はそわそわ、いても立ってもいられない。

「ねえ、おじさん。いかだを見に行かなきゃ……もしかしたら、壊れてるかも知れないし。」

「そうか――――朝飯は？」

「それよりも、まずいかだ！」

早く早く、と袖を引っ張られ、やむなく２人で斜めにずれた階段を一歩一歩降り、浜へと向かう。行く手の道がどんな有り様であるかは、いちいち描写するまでもありません。

途中一回だけ立ち止まり、大きく崩れてしまった水汲み場で、男が散らばった石を一つずつせっせと積み直す間も、紗帆はいらいらと周りを歩き廻って全く落ち着かない。

倒木を避け転がった大岩の横をすり抜けて、ようやく浜までたどり着き、そこにいかだがあるはずの岩陰まで紗帆が足早に近づけば。

波か突風でも受けたのか、重しに乗せた石や岩は一方向に崩れ落ち、潮にさらわれぬよういかだと杭をしっかりつないでいたはずのつるは切れて力なく砂の面《おもて》を這い、紗帆が希望を託していた肝心のそれは、影も形も見当たらない。

「なっ、無い！　こんな事って――――どこへ？」

砂浜をあちこちと駆け回り、必死に周辺に眼を向ける紗帆、その視線が、水際から40～50メートルほどの沖の一点にぴたりと止まる。

「あっ!!」

嵐のあとの濁った海面にぷかぷかと漂う、四角い大きな物体、それはまぎれもなく紗帆と男が日日《ひにち》と手間をかけ、こつこつと作り進めたあのいかだ。今にも速い潮に呑み込まれ、遠ざかってしまうかに見える。

物も言わず浅瀬に走り込み、一度ばしゃんと転び、すぐさま起き上がった紗帆は、無我夢中でいかだまでたどり着こうと、腰ほどの海面をもがき進む。

「やめるんだ、紗帆ちゃん！」

追い着いた男が後ろから抱き止め、力を込めて引き戻そうとしても、狂気を宿したように吊り上がった眼をひたと前に向け、ばたばたと振りほどこうとする紗帆。かっと大きく開いた口から吐く息が、ゼイゼイと荒い。

「放して。はなせオヤジーッ！　邪魔すんなーっ!!」

「あれはもう、沿岸流に乗りかけてるじゃないか。見てわからんのか！」

「放してってばーっ！」

「もう人力では引き戻せん。あきらめるんだ！　死んでどうする——また作ればいい！」

「いやだっ！」

紗帆の爪が男の頬を引っかくわ、腕に噛み付こうとするわ、ばしゃばしゃと2人が揉み合ううち、いかだはバカッと2つに割れ、それぞれ潮の流れにさらわれて、別方向の沖合へと見る見る小さくなってゆく。

ぎゃーっ、と張り裂けるような悲鳴を上げ、身もだえして泣き叫ぶ紗帆、手を放し、間近に突っ立ったままの男。神様の意地悪、自分がどんな悪い事をしたのだと、紗帆は胸中に吹き荒れる激情に身を任せるほか、何の出来る事もない。岩陰の砂上に頼りなくうねったままの、いかだを縛り杭につないでいた数本のつる、そのちぎれた断面にことごとく、明らかに刃物で半分近く切れ目を入れた痕跡があるなどと、気付くよしもありません。

切れ目を入れ、力がかかればすぐ断裂するように仕組む、そんな事をするのは紗帆以外のただ1人。嵐で高くなり、浜を浸す潮にいかだが浮き、岩陰から漂い出すべく企《くわだ》てたのは、せっかく自分のものとなった女を手放したくない、その一心か。

それから2ヵ月近くが経ったある日、日本の某民放テレビ局、夕方のニュース。

「4時になりました。本日のニュース、わたくしホランチ・亜紀《あき》がお伝えいたします。」

冷静さを保とうとする女性アナウンサーの声にも表情にも、抑え切れない興奮の色が見てとれる。

「まずは速報です。

昨年の5月、フィジー諸島で写真集の撮影中に、海難事故により行方不明になったと見られていた女優の神代紗帆さん・22歳が、日本時間の本日午後1時過ぎ、南太平洋の無人島で発見され、無事保護されたという一報が入りました……」

その10分ほど前にすべてのテレビ局が速報のテロップを出してはいたものの、どれ夕方のニュースをとテレビをつけた多くの国民にとって、まさに天からのサプライズともいうべき朗報。

家庭で街中で、どよめきやら歓声やらが様々に湧き起こったのでありました。

「当局からの説明によりますと、神代さんと同時に遭難したと見られていた、所属事務所の男性スタッフ（32）およびマネージャーの女性（46）が、実は共に生きながらえタイのバンコクに潜伏中、との現地情報が半月ほど前に入っていたそうです。

日本側の要請を受けタイ当局が２人を聴取した結果、その無人島に隠れ住んでいた日本国籍の男と共謀、海難事故で島に漂着した形を装い、神代さんをその男に引き渡す工作をしたとの事です。さらなる詳細は、現在のところまだ判明しておりません。」

その数日後、関西のテレビ局が制作する午後のワイドショー。

「無人島に１人で住んでいた日本人の男は、もともと国内で結婚詐欺の常習犯で、金銭トラブルと傷害の容疑で指名手配を受けた直後、行方をくらましていたんだそうですよ。」

「いやあ、その男が一体どうやって、事務所のお金を遣い込んだスタッフや、女性マネージャーと接触したんやろ？

南の島に逃げたのは、もう大分昔のことっちゅう話やが。」

「いま取り調べの最中との事ですが――断片的に入って来た情報によりますと、神代さんのマネージャーだった女は、20年以上前から男と知り合いで、時おり連絡を取っていたらしいです。」

「ははあー。そのマネージャーの女が、横領がバレそうになったスタッフと共謀して、写真集の撮影でフィジーに行くのを幸い、海外逃亡した訳か。そのついでに、なにも知らない神代さんを元結婚詐欺師の男に引き渡して、逃亡資金を受け取ったと。

まるでミステリー小説やなあ……恐い恐い。」

「女性マネージャーとスタッフは、失踪するかなり以前から男女の仲になっていた、という事務所内部からの情報も……」

ワイドショーにとっては願ってもない恰好のネタ、ここぞとばかりにMCと女性アシスタントが興奮気味にまくし立て、さらにはゲストコメンテイターも加わり喧々囂々《けんけんごうごう》の議論が続く。でかでかとパネルも出し、紗帆をはじめ関係者の生い立ちから過去の履歴まで、個人情報であるはずの事柄を詳細に述べ、何の遠慮もなく世間に暴露してしまう。番組さえ盛り上がれば、プライバシーの尊重や個人情報保護法の存在など、どうでも良いのかも知れません。

　さて、その後おいおい入った情報によると。

　ボートに穴を開けて浸水させいち早く海に飛び込んだスタッフは、得意の泳ぎで、潮に乗ってボートと反対側に流されてゆく女性2人に追い着くと、まずマネージャーを抱きかかえて救命胴衣を渡し、さらに、気を失い沈みかけた紗帆を引っつかんだとの事。しばし漂ううち、タイミングを見ていたのであろう、舷外エンジンを付けたゴムボートで現れた詐欺師と合流すると、紗帆が目覚めぬよう薬か何かで眠らせたまま、無人島の水際に横たわらせた――

　やっとこ浮かび、のろのろ進んでいたチャーター・ボート上のカメラマンとその助手は、自分らが助かるのに精一杯、これら一切に全く気付かなかったという。

　空港に到着し、タラップを降り母国の土を踏んだ瞬間から、紗帆の身辺はそれはもう大騒ぎ。公的機関で事情や経緯を聞かれるのはむろんのこと、家族との再会、事務所の出迎え、新聞・週刊誌記者やらテレビのレポーターやらがどこへ行っても群がって来ます。

「今のお気持ちを。」

「犯人におっしゃりたい事は？」

「何か一言――神代さん、神代さん！」

大勢の人間に追い掛け回され取り囲まれ、あんなに帰りたいと熱望していた母国なのに、時おりふっと南の島での静かな生活を思い出してしまうほど。

それでも1月以上が過ぎ、ようやく喧騒も収まり始めたある日、紗帆と聡が喫茶店のテラスでのんびりと過ごしている。暖かい陽光、時たま思い出したようにそよそよと吹く風。久しぶりに味わう、舌も喉もとろけそうなカフェオレ。

（なんて甘く、いい匂いなのだろう。戻って来たのだなあ……）

こんな開放された場所にいれば、写真週刊誌などに撮られてしまうのは分かり切っているけれど、海難以来の波乱の日々をくぐり抜けた経験が、もはや多少の事で以前ほどには動揺したり怖れたりはしない開き直りか度胸のようなものを、紗帆の内側に根付かせたよう。恋人と一緒に過ごすのは、何も悪い事ではないのだ。帽子やサングラス、マスク等で顔を隠すなど、実にばかばかしい。

目の前で穏やかに、ほんのり翳《かげ》った空を眺め思いにふけっている聡、再会の瞬間こそ顔を真っ赤にし涙を落とし、全身で喜びを表してくれたけれど、遭難時の状況やその後の島での暮らしについて、根掘り葉掘り追及などは一切しない。どこまで伝え聞いたのかは見当もつかないにせよ、他に人のいない島で男女が２人、長い間共に暮らした事実に対しどんな感情を持っているのか――考えるまでもなく、面白くはないに決まっている。

やむを得ない事情であったにしろ、感情は別もの。疑い深い人でなくとも、心中いろいろと思いめぐらすのは当然だし、どんな男だ、どう過ごしたのだと紗帆を問いただしたい欲求や衝動にさいなまれないはずがない。

しかし、聡は何も聞かず、その事が紗帆の後ろめたさを一層かき立てる。罪の意識や弁明したい思いに突き動かされ、みずから洗いざらい話してしまいそうになるけれど、かろうじて紗帆は自分を抑えます。せっかく聡が耐えているものを、聞きたくもないであろう事実をわざわざ話し苦しめる必要など無いし、彼氏のわだかまりを解消させたいという思いがかえって残酷な行為となり、関係を壊す決定的な要因にもなるだろう――

「なにを考えているの？　サトシ。さっきからぼんやりしてて……」

「うん？　いや何も。空白だよ。」

「そうなの？」

「紗帆が戻って来てくれて、ホッとしてるのさ。なんか気が抜けた。」

「そう――ごめんね。ずいぶん心配したり寂しかったり、つらかったでしょうに…」

「君が悪い訳じゃないよ。ちょっと不運だっただけ。」

紗帆を問い詰めもせず、自身の苦悩についても語ろうとしない聡、恋人どうしでよそよそしい感もあるけれど、一連の出来事を無かったことと自分に言い聞かせ、それを紗帆にも求め、可能な限り記憶から消し去りたいと考えているのかも知れません。出来るかどうかは別として。

それにしても――と紗帆は、ここに至るまでのいきさつを一つ一つ振り返り、つくづく奇妙な体験をしたものだ、と不思議な気分に襲われる。

最後まで名前すら明かしてくれなかったあの男、「おじさん」、大学の助教授だったというのは真っ赤な嘘で、なんと結婚詐欺の常習犯だったとか。難しい話をするし、相当に知性や教養がある人だと思っていたのに、それらしく見せるための手口だったのか？

日本を出た理由も、あらゆる事が嫌になったなんて言ってたけれど、本当は「追われて」だった……

現地の警察がいきなり建屋に踏み込んで来た時は、当然自分を探しに来てくれたのだと思ったし、まさかその場で「おじさん」が手錠をかけられるとは。その直後、1人の警官が小の棟の扉を開けた途端、自分はあまりの事にポカッと口を開け、驚き呆れる他はなかった。スチール製の机や椅子、通信機、ゴムボートにエンジン、シュノーケルやらウェットスーツやら……机の引き出しから自分の1st写真集が出てきた時は、思わず気が変になってしまったかと感じたほど。

いま思えば、女をだまし己《おのれ》のペースに引き込む事など、赤子の手をひねるより容易《たやす》かったに違いない「おじさん」に、自分はあっさりと、完全に丸め込まれ、手の掌で転がされていたのだ。

でも、白々しく毎日いかだ作りに励んだりしていたあの男を、かなり腹は立ったものの、なぜか自分は恨んだり憎んだりする気がほとんど起こらない。客観的に見ればひどい目に遭わされたに違いないのに、おかしみさえ覚えてしまう。夜中にこっそり、あの小の棟で、自分の写真集を眺めていたとは——見せかけの船舶事故、様々な工作、そうまでして自分という女を欲していたのか……初めは興味がないふりをしていたけど。

聡や「おじさん」、スタッフの男やマネージャー、そして自分も——まったく人間とはそれぞれに面白いというか、変だというか。

事が落ち着いてみれば、まあ無事だったからかも知れないにしろ、不運とも貴重な体験とも思える、人生の1ページ。

遠くから、何の鳥かは分からないけれど、のどかな啼き声が響く。

(ともあれ、自分は帰って来たのだ。国に、彼氏の元に、本来いるべき場所に——)


(終)

あとがき

この短編の主人公である神代紗帆という人を、私は、典型的な「男が考える女性像」として書きました。すなわち、情緒的で、よく泣きよく叫ぶ、多くの男が頭の中で「女性とはこうだ」と思い込んでいるステレオタイプのキャラクターとして。

本心を言えば、私とて女性が人それぞれであるのは経験的に知っています。「情の民族」と昔から言われる日本人には、感情が先に立つ人は男にだっていくらでもいるし（私もそうです）、他方、理系の人がイメージしやすいでしょうが、研究者や医師のような合理性や客観性・整合性等を重んじる人も男女ともに多く存在します。歴女や鉄子さんのように、男と共通の趣味や感覚を持つ女性も多い。

昭和までの男尊女卑、男の都合を中心に回る社会が良い訳はないし、民主主義には人はみな生まれながらにして平等である、という原則があるのだから、儒教にもとづく女性蔑視などとんでもないに決まっている。自由民主党と名乗る政党から出た大臣が、さぞかし自由主義や民主主義を重んじるのかと思いきや、「女性は子供を産む機械」などと人権否定の発言をするのは、悪ふざけか精神的にどうかしているとしか言いようがありません。

民主主義のイロハも知らずに、なにが大臣か。

大正・昭和の作家がよく書いていた、「女とはこういう生き物だ」、「女はこう考えるのだ」などという、先入観バリバリの、上から見下ろし決めつける文章には嫌悪感すら覚えます。

男なんて、そんなにエラい訳ではない。男が女性に優っているのは筋力ぐらいのものだ、と語る学者もいるほど。

振り返ってみれば、古代の日本では女性が活躍していた。そもそも有史以前は母系社会であったようですし。

卑弥呼《ひみこ》を始め推古天皇や持統天皇など女性のトップは沢山いたし、額田大王や紫式部・清少納言等、文学において大きな業績を残す人も多くいた。男が書くと思想・哲学の書、軍記物等が多くなるのに対し、源氏物語など世界に誇るべき古典文学は女性が生み出しておりました。

その「女性活躍社会」が、中国から儒教が伝わり浸透するにつれ、ガチガチの男尊女卑社会になってしまったのです。日本に限らず東アジアの国々は、ほとんど中国の強い影響を受けた。何と言っても東アジアではずっと、中国こそが超大国、最先進国であったため。

では、なぜ私は神代紗帆という登場人物を、男が勝手に思い込んでいる女性像として書いたのか？

それは、分かりやすいから。喜怒哀楽の波が大きく、よく泣きよく叫び、時に女性の武器を使おうとしたり、打算的かと思うと無邪気だったりすれば、男は「ああ、女性だなあ。」と思うから。科学者や裁判官のように冷徹な人よりも、よほど魅力を感じるのです。お読みになった女性の方、多少不快かも知れませんが、悪意はないのでご容赦下さい。

もう1人の主要人物、日本を捨てて南洋の無人島に移り住み、世捨て人としてひっそり暮らしている初老の男。大学の助教授だったと言い、知識人らしき話し方をするけれど、実は——

竹林の七賢人のように、世との関わりを断ち隠れ住む人は昔から多い。鴨長明や吉田兼好も似たようなものだったのでは。人間嫌いもいるだろうし、現実逃避であったり官憲に追われたり、理由はさまざまでありましょう。が。男は、島に流れ着き身近に現れた紗帆を、拒絶する様子もなくあっさりと受け入れて、ここに世捨て人の男と、現実に希望や未練をたっぷりと残している若い女との、とりあえずと言おうか妥協というか、奇妙な共同生活が始まる——

この短編は基本的にエンターテイメント系でありますが、単に面白おかしく書いただけではない積もりでおります。つたない点も多々あるとは思いますが、何がしかの印象がお読み下さった方の記憶に残るのであれば、書いた者として幸いです。

栗野　中虫（くりの・なかむし）
1960年（昭和35）宮城県生まれ。仙台市在住。
著書
「グッド・オールド・デイズ　昭和から平成へ…分水嶺に生きた人々」
「ラオコーンの情景」

紗帆《さほ》の小さな不運

発行日　2018年8月29日
著　者　栗野 中虫
発行者　大内 悦男
発行所　本の森　〒984-0051　仙台市若林区新寺1丁目5-26-305
電話 022-293-1303
E-mail　forest1526@nifty.com
表紙・挿画　羽倉 久美子

印刷　共生福祉会　萩の郷福祉工場

ISBN978-4-904184-95-0